VENTE DU VENDREDI 13 MARS 18

HOTEL DROUOT, SALLE N° 1

BELLES TAPISSERIES

DES XVIIe ET XVIIIe SIÈCLES

BRONZES D'ART ET D'AMEUBLEMENT

PORCELAINES DE SÈVRES, ORFÈVRERIE

FERS, OBJETS DE VITRINE, CURIOSITÉS

MEUBLES ANCIENS, ÉTOFFES

EXPOSITION PUBLIQUE

LE JEUDI 12 MARS 1885

COMMISSAIRE-PRISEUR
M° Paul CHEVALLIER
10, rue Grange-Batelière, 10.

EXPERT
M. Charles MANNHEIM
7, rue Saint-Georges, 7

HOMO
ADDITVS
NATVRÆ
IMPRIMERIE DE L'ART

CATALOGUE

DE

BELLES TAPISSERIES

Sujets mythologiques et verdures

DES XVII° ET XVIII° SIÈCLES

Très belles garnitures de sièges en tapisserie de Beauvais

Bronzes d'art et d'ameublement
Grands Candélabres Louis XVI, groupes
Porcelaines de Sèvres; Orfèvrerie; Objets de vitrine
Joli fermoir d'escarcelle en fer damasquiné
du xvi° siècle
Objets japonais; Curiosités; Étoffes

MEUBLES ANCIENS

DONT LA VENTE AURA LIEU

HOTEL DROUOT, SALLE N° 1

Le Vendredi 13 Mars 1885

A DEUX HEURES

Par le Ministère de M° Paul CHEVALLIER, commissaire-priseur,
10, rue de la Grange - Batelière, 10

Assisté de M. Charles MANNHEIM, expert, 7, rue St-Georges.

Chez lesquels se trouve le présent Catalogue.

EXPOSITION PUBLIQUE : Le Jeudi 12 Mars 1885.

DE UNE HEURE A CINQ HEURES

CONDITIONS DE LA VENTE

Elle sera faite au comptant.

Les acquéreurs payeront en sus des enchères *cinq pour cent,* applicables aux frais.

L'exposition mettant le public à même de se rendre compte de l'état des objets, aucune réclamation ne sera admise une fois l'adjudication prononcée.

Paris. — Imp. de l'Art. E. Ménard et J. Augry
41, rue de la Victoire, 41

DÉSIGNATION DES OBJETS

TAPISSERIES

1 — Suite de très belles tapisseries du temps de Louis XIV, entourées de bordures d'ornements imitant des encadrements d'or. Elles représentent :

1° Un sujet tiré de *l'Histoire d'Alexandre le Grand.*

Haut., 3 m. 10 cent.; larg., 6 m. 10 cent.

2° *Télémaque dans l'Ile de Calypso.* (Partie de la bordure refaite.)

Haut., 3 m. 10 cent.; larg., 4 m. 80 cent.

3° *Le Repas d'Énée chez Didon.*

Haut., 3 m. 10 cent.; larg., 5 m. 30 cent.

2 — Belle tapisserie des Gobelins du temps de Louis XIV, représentant les Titans cherchant

à escalader le ciel; très belle bordure de trophées avec carquois dans des enroulements
entremêlés de vases de fleurs.

Haut., 3 m. 40 cent.; larg., 4 m. 5 cent.

3 — Suite de quatre tapisseries de Bruxelles,
représentant des paysages avec grands arbres;
au premier plan, rivières et fonds de mon-
tagnes; bordures de rinceaux feuillagés,
ornés de fleurs de lis. XVIIe siècle.

Haut., 2 m. 80 cent.; larg., 5 m. 40 cent.
Haut., 2 m. 80 cent.; larg., 4 m. 80 cent.
Haut., 2 m. 80 cent.; larg., 3 m. 90 cent.
Haut., 2 m. 80 cent.; larg., 2 m. 30 cent.

4 — Suite de quatre très jolies tapisseries du
XVIIe siècle, portant la signature de BILLET *à
Valenciennes*, représentant des parcs avec
pièces d'eau, fontaines, bosquets, châteaux
et parterres de fleurs.

Deux sont entourées de bordures à fleurs et
oiseaux.

Haut., 2 m. 90 cent.; larg., 3 m. 70 cent.
Haut., 2 m. 90 cent.; larg., 4 m. 30 cent.
Haut., 2 m. 40 cent.; larg., 3 m. 80 cent.
Haut., 2 m. 40 cent.; larg., 2 m. 70 cent.

5 — Portière en tapisserie verdure (entrée de

forêt), avec bordure de fleurs et d'oiseaux sur fond jaune.

6 — Deux fragments de tapisseries gothiques.

GARNITURES DE SIÈGES

7 — Très belle garniture de meuble de salon, en tapisserie de Beauvais du temps de Louis XV, représentant des sujets tirés des fables de La Fontaine et des sujets de chasse encadrés de riches ornements de fleurs. Elle comprend : un canapé, deux bergères, huit fauteuils, seize morceaux pour les côtés et vingt-deux bras.

8 — Garniture de canapé en tapisserie de Beauvais du temps de Louis XVI, le siège décoré de deux médaillons en grisaille, sujets allégoriques des arts; le dossier, de deux autres médaillons en grisaille, trophées d'attributs, encadrés de draperies, de guirlandes de lauriers et de fleurs.

9 — Garniture de douze fauteuils, composée de

douze sièges, onze dossiers et vingt-deux bras, en tapisserie au point, du temps de Louis XVI, à bouquets, corbeilles et guirlandes de fleurs.

10 — Garniture d'un fauteuil en tapisserie à la main, à semis de roses sur fond blanc.

11 — Garniture de canapé en satin rose, brodé à fleurs et rubans en cordonnet blanc.

12 — Meuble de salon du temps de Louis XVI, en bois peint en blanc, recouvert de tapisserie à médaillons enfants et animaux, encadrés de fleurs et de draperies.

Il est composé d'un canapé et de six fauteuils.

13 — Écran en tapisserie du temps de Louis XV, décoré d'une armoirie dans un entourage de fleurs.

14 — Feuille d'écran en tapisserie ancienne, représentant le bon Samaritain, bordure de fleurs.

BRONZES D'ART ET D'AMEUBLEMENT

15 — Deux grands et beaux candélabres Louis XVI, en bronze vert, bronze doré et marbre campan.

Ils sont composés chacun d'un groupe de deux figures de femmes drapées, en bronze à patine verte, supportant un balustre auquel sont rattachées cinq branches de rinceaux porte-lumières et surmonté d'un aigle en bronze ciselé et doré au mat ; ces groupes reposent sur des socles ronds en marbre campan, ornés d'un bandeau plat en bronze doré, représentant, en bas-relief, une ronde de nymphes et d'amours.

16 — Deux belles cassolettes en forme de lampes antiques, représentant des nacelles sur piédouches ; elles sont surmontées, l'une d'une figurine de liseuse, et l'autre d'une figure d'homme dessinant. Les culots godronnés sont en bronze doré. Époque de l'Empire.

17 — Deux beaux groupes de trois figures en bronze à patine brune de style Louis XIV, sur socles en bronze doré : l'Enlèvement de Proserpine et l'Enlèvement d'Europe.

18 — Petite pendule du temps de Louis XV, en bronze doré ; le cadran, composé d'ornements rocaille, est supporté par un cheval debout sur une terrasse avec arbustes, reptiles, escargots et champignons.

19 — Deux chenets du temps de Louis XV, en bronze, à figures de Mongols assis sur des ornements rocaille.

20 — Pendule Louis XVI, en bronze doré, modèle à consoles, volutes supportant le cadran orné de deux mufles de lions et surmonté d'un vase.

21 — Suspension de salle à manger avec sa lampe en bronze nickelé.

PORCELAINES DE SÈVRES ET AUTRES

22 — Deux vases de forme ovoïde, à piédouche et à deux anses en ancienne porcelaine de Sèvres pâte tendre, fond vert pomme. Ils sont décorés chacun de deux peintures représentant sur la face un amour et un aigle, et un amour et un cygne sur des nuages, avec

bouquets de fleurs au revers. Les anses, l'orifice et la base sont dorés.

23 — Quinze assiettes plates et huit creuses ne ancienne porcelaine de Sèvres pâte tendre, décor à jetées de fleurs avec deux bandes circulaires, fond gros bleu, relevées de dorure.

24 — Jolie écuelle et son plateau en ancienne porcelaine de Sèvres décorée, en camaïeu carmin, de figures d'amours sur des nuages et de bouquets de roses ; les anses, ainsi que le bouton du couvercle, sont formés de branchages rehaussés d'or.

25 — Plateau ovale en ancienne porcelaine de Sèvres pâte tendre, décoré au bord d'une bande de jetées de fleurs diverses, bordée d'un double liseré bleu et or.

26 — Compotier rond en vieux Sèvres pâte tendre, représentant au fond une vue de la Manufacture de Sèvres, en camaïeu rose, bordure d'ornements d'or.

27 — Soupière ronde à piédouche et à deux anses, en porcelaine tendre, fond bleu tur-

quoise, décorée d'attributs champêtres et de rinceaux en dorure.

28 — Écuelle et son plateau en ancienne porcelaine de Saxe à bordure gaufrée et à décor de fleurs; elle est accompagnée d'un couvercle en porcelaine tendre de décor analogue.

29 — Deux assiettes en ancienne porcelaine de l'Inde, décorées au centre d'une corbeille de fleurs et au bord d'un lambrequin bleu et d'ornements émaillés blanc.

30 — Petit vase en biscuit de Wedgwood, à sujet pastoral en blanc sur fond bleu.

FERS

31 — Très joli fermoir d'escarcelle en fer ciselé et damasquiné d'or du xvie siècle, de forme ovale, contournée à la partie supérieure; il représente deux grands cartouches et quatre petits, contenant des figures allégoriques et des groupes alternés par des oiseaux et des animaux se détachant en relief sur un fond

doré. Le revers, l'intérieur et le pourtour sont. entièrement couverts d'ornements arabesques damasquinés en or.

32 — Dague du temps de Louis XIII, à deux quillons recourbés et garde en fer ciselé à fleurs.

ORFÉVRERIE

33 — Deux beaux flambeaux, de style Louis XIV, en argent gravé, à palmettes, entrelacs et ornements.

34 — Petit coffret oblong à couvercle bombé, en argent gravé, à figures, ornements et inscriptions. Travail hollandais.

35 — Petit baril formant deux gobelets en argent repoussé.

36 — Couronne fermée à six branches en vermeil, ornée de rinceaux, de mascarons et de divers motifs découpés à jour, ciselés et appliqués.

37 — Timbale en argent gravé à médaillons et groupes de fruits.

38 — Boîte Louis XV, à contours fermant à charnière, en argent repoussé et gravé, offrant sur le couvercle une figure de berger et des ornements rocaille.

39 — Boîte oblongue du temps de Louis XV, dont le couvercle, en argent repoussé, représente une figure de baigneuse dans des ornements rocaille.

40 — Boîte plate à contours, du temps de Louis XIV, en argent gravé, offrant divers sujets pastoraux alternés par des ornements.

41 — Boîte oblongue en argent repoussé, à corbeille de fleurs et coquilles.

42 — Petite boîte en vermeil ciselé, à rinceaux et mascarons.

OBJETS DE VITRINE

BIJOUX

43 — Montre Louis XV, à cuvette en or repoussé, représentant un sujet de trois figures, avec entourage d'ornements. Le cadran porte les noms de *Creak et Smith, London.*

44 — Montre Louis XVI en or ciselé à deux tons, ornée d'un médaillon en émail : Jeune femme jouant avec un chien, entouré, ainsi que le cadran, de petits jargons.

45 — Petite montre Louis XVI en or ciselé à deux tons. Cadran portant le nom de *L'Épine, horloger du Roy, à Paris.*

46 — Montre Louis XV en or émaillé en plein, représentant une scène de deux musiciens, dans le goût flamand.

47 — Montre ancienne à répétition, en or guilloché.

48 — Montre Louis XIII, de forme ovale, en cuivre découpé à jour et gravé, représentant diverses figures grotesques dans des ornements. La lunette du cadran est en cristal de roche.

49 — Boîtier de montre Louis XIII, en cuivre découpé à jour et gravé à fleurs.

5o — Boîtier de montre Louis XIII, en cuivre doré et repercé à jour.

51 — Boîte à deux tabacs, forme baril, en nacre, avec monture en argent.

52 — Petite lanterne de poche en nacre incrustée et garnie d'argent. Époque Louis XV.

53 — Boîte ronde à contours en écaille incrustée d'attributs, trophées et ornements en argent. Époque Louis XV.

54 — Petit plateau à contours, de même travail et de même époque.

55 — Boîte ronde en écaille blonde incrustée de fleurs en or de couleurs.

56 — Boîte ronde en écaille étoilée d'or.

57 — Deux pièces : boîte oblongue en écaille noire, avec garniture en or, et une boîte ronde en verre gravé, représentant la bataille de Marengo.

58 — Deux boîtes rondes en ivoire : l'une, ornée de médaillons, de papillons peints sur nacre ; l'autre, avec paillons et encadrements d'or.

59 — Boîte ovale en vermeil repoussé et ciselé, garnie d'émaux à fleurs et cloutée d'argent.

60 — Petite boîte, de forme octogonale, à deux compartiments, en cuivre gravé, ornée sur toutes ses faces de sujets en argent niellé ; les couvercles représentent Adam et Ève et le Jugement de Pâris. xvie siècle.

61 — Petit vase en bois, de forme ovoïde, avec monture à piédouche, anses et couvercle en vermeil découpé à jour.

62 — Dix pièces : netzkés et figurines en ivoire sculpté, de travail japonais.

63 — Plaque rectangulaire en hauteur en ivoire sculpté, représentant la Vierge entre deux saints sous des arceaux gothiques.

64 — Médaillon ovale en émail, représentant deux baigneuses surprises.

65 — Huit pièces : médaillons en émail, portraits de femmes du xviie siècle et médaillon portrait de Louis XIV en relief, plus deux autres médaillons ovales en émail : Offrandes à l'Amour.

66 — Pendentif en argent doré, orné d'une miniature : Bergère et moutons, avec entourage de demi-perles.

67 — Pendentif et deux boucles d'oreilles, Saint-Esprit en argent, garnis de strass.

68 à 70 — Sept pièces : deux coupes sur pieds élevés, une coupe sans pied, deux vases

ovoïdes et deux petites salières en émail,
peintures en grisaille dans le genre de
Limoges.

OBJETS JAPONAIS

71 — Poussah en métal argenté, de travail japonais.

72 — Bouton japonais en argent repercé à jour
et boussole avec sa châtelaine.

73 — Deux boutons en ivoire sculpté, de travail
japonais.

74 — Deux peignes en laque d'or du Japon.

75 — Briquet, bouton et scarabée japonais.

76-77 — Quatre poignards japonais, avec fourreaux laqués et riches montures en métal
ciselé, argenté et doré.

78 à 81 — Dix-neuf gardes de sabres japonais en

bronze de diverses patines et en fer, dont plusieurs finement ciselées et portant des signatures d'artistes.

82-83 — Dix viroles et dix-sept pommeaux pour garnitures de fourreaux de sabres japonais, de même travail.

OBJETS DIVERS

84 — Coffret gothique de forme oblongue, à couvercle légèrement bombé, en bois recouvert d'ornements et d'inscription en pâte dorée, ainsi que de divers groupes de figures, peints en couleurs et rapportés.

Il est garni d'une poignée placée sur le couvercle et d'écoinçons en cuivre.

85 — Petit cadre Louis XIV, en bois sculpté et doré.

86 — Deux tableaux en marqueterie de bois, représentant : l'un, une scène villageoise; l'autre, des pâtres gardant des bestiaux.

ÉTOFFES

87 — Très belle robe orientale en velours rouge, richement soutachée d'ornements d'or fin.

88 — Douze coupes d'étoffe orientale rayée. (Ce lot sera divisé.

89 — Très riche tapis de table en broderie d'or et de soie à rosaces, fleurs et arabesques sur fond de drap noir. Travail oriental.

90 — Lambrequin en velours de Gênes, à ornements cramoisis sur fond lamé d'or.

91 — Quatre coussins de gondoles en velours vénitien variés de dessins, l'un lamé d'or.

92 — Quatre bonnets et une chemise pailletés d'or.

93 — Trois bandes de chasuble en drap d'or du XVIᵉ siècle.

94 — Deux bandes de chasuble en brocatelle du
XVIe siècle.

95 — Robe en tissu oriental à raies brisées.

96 — Lot de toile brodée, à dessins orientaux.

97 — Bande de satin rouge avec galons et effilés
d'or.

98 — Tapis persan à dessin jaune et rouge.

99 — Chasuble en soie rouge brochée, galonnée
d'or.

100 — Lambrequin en brocatelle à dessin rouge
sur fond jaune.

101 — Quatre pièces orientales : tapis, portière
et coupe de soie à raies violettes.

102 — Deux portières de Karamanie.

103 — Guipures et filets anciens.

104 — Sept pièces : robe, corsages et vêtements divers.

MEUBLES

105 — Jolie encoignure du temps de Louis XV, en laque du Coromandel, représentant un sujet de plusieurs figures. Elle est garnie de chutes, de moulures, d'un cul-de-lampe et de sabots en bronze ciselé à ornements rocaille. Clef ancienne en fer forgé. Dessus de marbre brèche.

106 — Grand bureau, forme dite ministre, et surmonté d'un casier en bois de rose, garni de rosaces et d'ornements en bronze doré. Travail des premières années du règne de Louis XVI.

107 — Grand meuble à hauteur d'appui, modèle Boulle, en bois noir richement orné de bronzes dorés et de marqueterie.

La partie du milieu à ressaut est décorée d'une figure de Cérès et d'un mascaron entre deux enroulements.

Les deux portes, ouvrant de chaque côté,

sont marquetées de cuivre et décorées de figures d'amours, d'attributs et de mascarons barbus appliqués en bronze doré.

Le haut et le bas sont garnis de larges moulures et de divers ornements.

108 — Console Louis XV, en bois sculpté et doré à ornements ajourés, nœud de rubans et branches de laurier. Dessus de marbre.

109 — Fauteuil Louis XIV, en bois sculpté, garni de damas rouge.

110 — Banquette à dossier du temps de Louis XIV, en bois sculpté, garnie de velours rouge frappé.

111 — Pendule Louis XV, en corne verte, ornée de bronzes et surmontée d'un vase.

112 — Petite commode Louis XV, en bois de rose, ornée de bronzes et à dessus de marbre.

113 — Armoire à deux portes en bois sculpté, à figures et cariatides, surmontée d'un fronton sculpté à jour. XVIIe siècle.

114 — Buffet - étagère de style Louis XIII, en chêne sculpté à pilastres et panneaux à sujets de figures.

115 — Grande caisse d'horloge en chêne sculpté du XVIIe siècle.

116 — Belle pendule du temps de Louis XIV, en marqueterie de cuivre et d'écaille ; elle est ornée de cariatides aux angles et repose sur des sphinx couchés en bronze doré, sur une base plate en marqueterie.

Le dôme est surmonté d'un coq debout sur une sphère.

Le cadran porte le nom de *Gaudron à Paris*, sur un cartouche émaillé placé dans une applique d'ornements découpés à jour.

117 — Deux candélabres de style Louis XIV, en bronze doré, accompagnant la pendule qui précède ; modèle à base triangulaire, ornée de sphinx couchés reliés à la tige, supportant sept lumières.

118 — Deux appliques à cinq lumières en bronze doré de style Louis XIV, ornées de mascarons.

119 — Très belle console du temps de la Régence,
en bois finement sculpté, ajouré et doré, à
guirlandes de fleurs et ornements rocaille.
Elle est à deux pieds reliés par un motif
également sculpté à jour. Dessus de marbre

MIRE ISO N° 1
NF Z 43-007
AFNOR
Cedex 7 - 92080 PARIS-LA-DÉFENSE

379.89.70
graphicom

BIBLIOTHEQUE NATIONALE DE FRANCE

****

CHATEAU DE SABLE

1996